W0287362

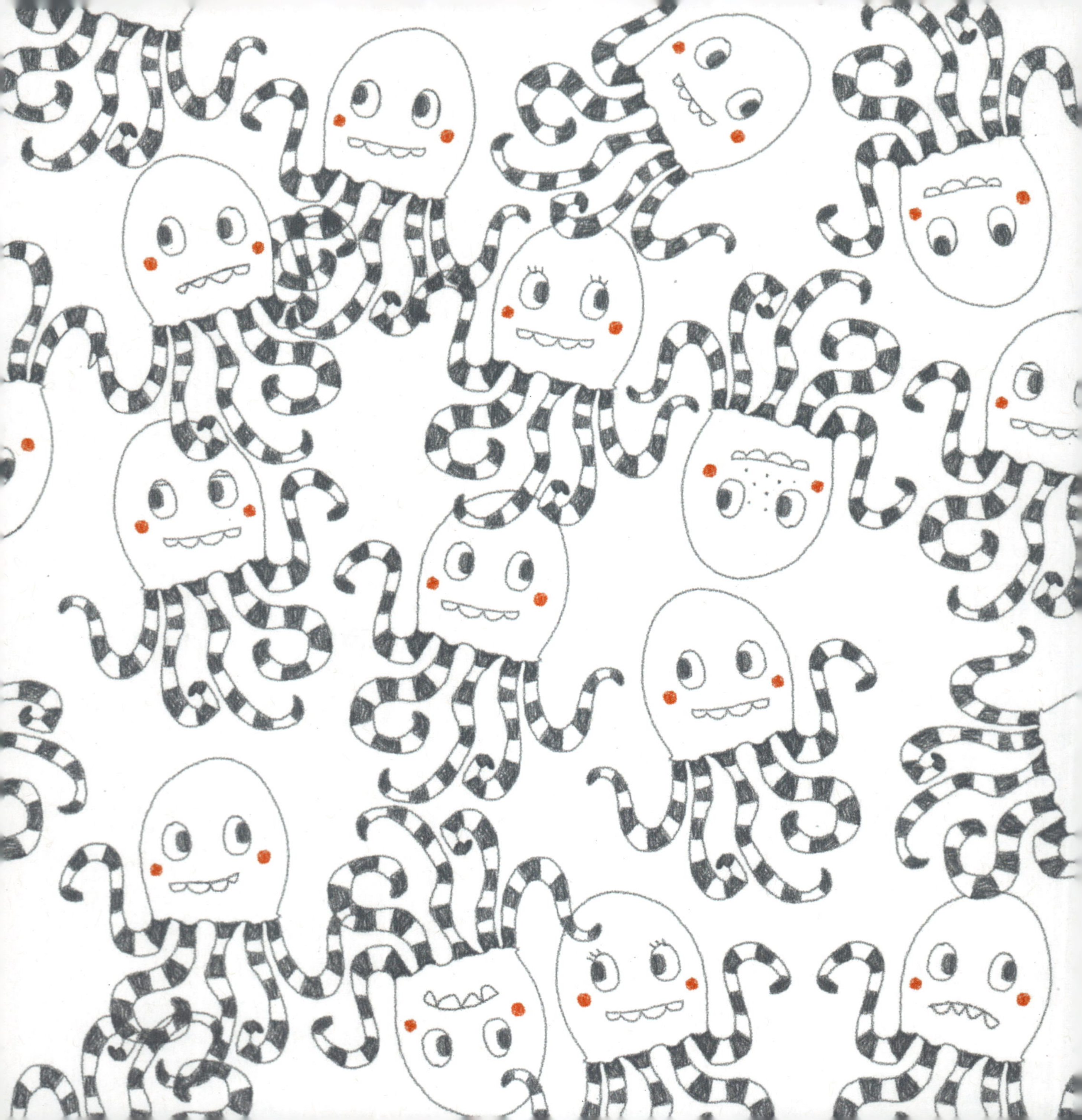

Anna Job Corinna Pourian

Salzige Milch

DANKSAGUNG

Danke, liebe Bayerische Akademie des Schreibens, für die Förderung und besonders Lena Gorelik und Martin Kordić für eure Mühe, die Tipps und das Training. Ich zehre immer noch davon. Die „Salzige Milch“ konnte sich 2020 in eurer Gruppe massiv entwickeln.

Danke, liebe Schreib-Buddys Daniela Graf und Noah Band, fürs Zuhören und Unterstützen und ganz besonders Rabea Conrad fürs unermüdliche Immer-wieder-Lesen und Feedbackgeben, auch nachts und kurz vor knapp!

Danke, lieber David, fürs permanente Aushalten des Chaos und meines In-Gedanken-Seins und fürs trotzdemige Auffüllen des Minz-Schoko-Vorrats.

- Anna -

Anna Job Corinna Pourian

Salzige Milch

eine Erzählung. in Schnipseln.

KUNSTANST!FTER

ANGESCHWEMMT

Du liegst da. Blasslila, hellblau, wie ein toter Fisch.
Ich stehe da. Staksig wie eine Giraffe.
Hab Dich an Land gebracht.

Aber Du bist kein Fisch. Und auch keine Giraffe.
Du kannst nicht laufen. Nicht fliehen.

Ich hebe Dich auf.
Dein fester Griff lässt mich fühlen, dass Du Dich bei Gefahr
in meinem Fell festkrallen wirst.
Ich habe kein Fell. Aber ich lasse Dich nicht fallen.

Aber von vorne.

IM CHAMBRE
Sie nennen es das Chambre.
Schattig, zugig, eng und günstig. Wo ich wohne.
Aschenbecher neben Thymian, weiße Streifen hinterm
Flugzeug, vom französischen Balkon.
Wann? Wohin?
Endlich wieder. Endlich weiter.
Mein einer weißer Rucksack. Mein einer schwarzer Hoodie.
Ärmelbündchen schon zerribbelt wie der
schwarze Nagellack.

GRAUES MONSTER

Ich seh Dich grau. Ich fürchte Dich.
Du bist mein Monster.
Kalt und forsch und rau und düster.
Ich habe viele Monster.
Unterm Bett und hinterm Kühlschrank.
Überm Schreibtisch. Auf dem Konto.
Du bist anders.
Ein Magnet in vielen Farben.
Ein Sturm hat Dich entstehen lassen.
Der Wind Dich bis zu mir geblasen.
Zerstör mich nicht. Du machst mich schwach.
Ich hör Dich rufen: «Komm!»

SUCHEN

Zwanzig Kippen
sind fünf Gin Tonic,
sind zwei Magnum,
sind kein Abendessen.

fear

BLAUES MONSTER

Ich seh Dich heut atlantikblau.
Ich liebe Dich.
Schon immer.
Träume Dich.
Fantastisch, tief, real und salzig.
Ich spür Dich stehend, in der U-Bahn.
Ich spür Dich sitzend, bei der Arbeit. Mit Augen zu.
Bildschirmschoner. Beine zucken.
Gummibärchen. Klick. Opodo.

Ich spür Dich liegend, in meinem Bett. Mit Augen auf.
Wenn ich Dich fürchte.
In Erinnerung. Als es knapp war.
Blaue Flecke.
Du machst mich nervös. Ich hör Dich tosen.

8
7
5
4
3
2
1

HOCH ZU MIR
Hoch zu mir gehe ich in der Früh, nach dem Charlies.
Es sind vierzehn Stufen, in diese Etage, über der Garage, die den Boden von unten her kühlt. Ich wische erst die Tränen und dann die Wimperntusche aus meinen Augen. Wir haben nur wenig getanzt. Mehr gequatscht. Ist oft so, wenn wir nur zu zweit sind.

Hoch zu mir gehe ich vormittags. Mit dem Attest. Erkältung. Fast alle vier Wochen. Ich hasse meinen Job, aber die Taschentücher um den Mülleimer sehe ich wirklich.

Hoch zu mir gehe ich nachts, nach der Uni. Ich steige an der Münchner Freiheit aus der U6 und erwische meine Mitbewohnerin noch für ein kurzes «Gute Nacht».

Mit den Jungs haben wir diese fiese Pizza in die Rechnerhalle bestellt. Das KI-Projekt muss bis zur Midterm fertig programmiert sein. Sie bringen mich durch. Manchmal fahre ich noch eine Stunde Rad. Im Dunkeln sieht man die Tränen nicht so.

Meine Mitbewohnerin hat ein Foto von ihrem Typ neben dem Bett hängen. Ich viele. Vom Meer. Bei schlechtem Wetter. Bilder vom Meer bei gutem Wetter sind Kitsch. Ich mag es, dass sich da draußen keiner übers Wetter beschwert. Hier tun wir es jeden Tag, obwohl wir fast immer drinnen sind.

Hoch zu mir gehe ich mittags. Ich sagte, mir sei schlecht.
War mir auch. Ein bisschen. Von den Gummibärchen. Aber vor allem wegen Magdas Link. Vor Aufregung.
Sie schrieb: «Hey, meine Kollegin empfiehlt das Camp hier: West Wave. In Agadir! Morgen bis Pfingsten???»

beach

«Oh Magda. Ich war doch grad erst übers Christi-Himmelfahrt-WE auf Fuerte. Und Fronleichnam hab ich schon Moliets gebucht. Haha.»
«Is low-budget! Etwas abgelegen. Und die Leute wohl voll nett.»
«Klingt gut!»
«Sieben Tage kann ich noch freinehmen.»
«Ich nicht.»
Es klopfte.
«Könnten Sie bitte für Professor Jenko am Computergrafik-Lehrstuhl einen Gast-Account anlegen?»
«Okay.»

«Und haben Sie das Ticket zu Drucker 03.09.44 gesehen? Papierstau. Mathe-Fakultät. Bitte gehen Sie da zuerst hin. Es ist ja Klausurphase.»
«Okay.»

Ich nahm mein Handy mit und schrieb von 03.09.44 aus:
«Gebucht!»
«Geil. Ich wusste, auf dich ist Verlass. Dann buch ich jetzt auch.»
«Feiertags-Mai halt! Hab den 73-Euro-Flug genommen. Is aber von Frankfurt aus! 4.35 Uhr. Die andern waren zu teuer. Wir müssen also bald los! Hihi.»
«Du bist krass. Okay.»
«Ich sag, ich hab die Midterm. Und baue im Juni dann Vollzeit-Fehlstunden ab.»

Ich kenn Magda noch nicht so gut. Aber keiner, den ich gut kenne, ist so spontan. Auf dem Bett stopfe ich wenige Klamotten in meinen weißen Rucksack. Die warme Garnitur trage ich unterwegs. Mein Blick verweilt ein Snickers lang auf der Bucht in Talalla. Grau unter Grau. Bis ich im Wasser war, dachte ich, es sei ein Scherz, dass wir wirklich reingehen. Vor lauter Nebel konnte ich die Wellenhöhe kaum erkennen.

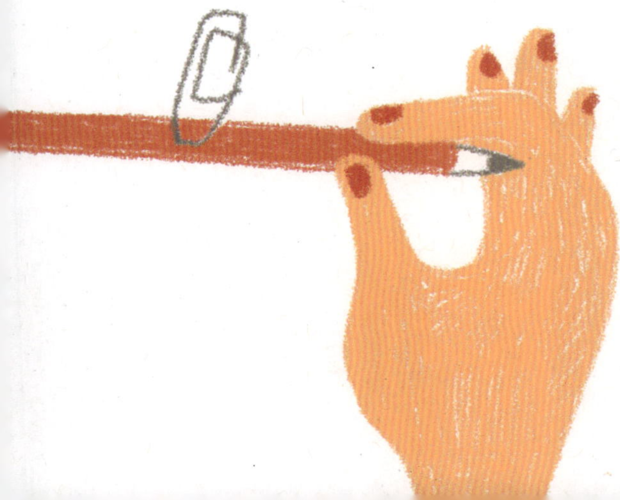

Neben mir sehe ich die Australierin.
Ich sage: «Weinst du auch vor Kälte?»
Sie sagt: «Nein, weil meine Mutter gestorben ist.»
Ich sage: «Oh.»
Sie sagt: «Nee, nee, passt schon, ist schon ein Jahr her.»
Der Franzose weint nicht, obwohl er aus der Nase blutet.
Die Welle hat ihm sein Brett ins Gesicht gedonnert.
Nur noch ein Mal schlafen. Unterwegs.

GRÜNES MONSTER

Heut bist Du grün. Da draußen.
Weit hinten, nach der Grenze.
Du bist meine Versuchung.
Küsst und lockst und kitzelst mich.
Verspielt, natürlich, rhythmisch, klar.
Freie Sicht auf grüne Höhen.
Kühl.
Bisschen bibbern. Bisschen kichern.
Nasse Beine. Nasser Bauch.
Meine Fingerspitzen tauchen friedlich, zärtlich, in Dich ein.
So weich.
Nasse Augen. Ich weine.
Arme zittern. Nach der Grenze kein Zurück.
Ich hör Dich flüstern: «Los jetzt.»

Zwei Ängste gibt's. Ich hab die zweite.

MUM

on the other side

SPÜLWASSER

«Hast du mich erkannt?», sage ich abends zu Pia an ihrem Küchentisch. Wir sehen uns selten, aber ich kenn sie noch aus der Schule.

«Ja! Mehrmals sogar. Ich hab mir das ganze Video angeschaut! Obwohl ich bei der Arbeit war.»

«Echt? Ich dachte, zwölf Minuten sind viel zu langweilig, wenn man selber nicht drauf ist. Das Video war ja zu unserer Fehleranalyse.»

«Nee! Ich hab voll Fernweh bekommen! Das Meer sah so toll aus. Aber ich würd mich das nie trauen.»

Pia räumt die Gläser aus der Spülmaschine in den Schrank und hält mir eins hin.
«Schluck Rotwein?»
«Gerne. Kann ich bitte das Glas da mit dem kleinen Maulwurf drauf haben? Den hab ich als Kind so geliebt.»
«Ist sogar noch von mir.»
Aus dem Nebenzimmer hört man Pias Tochter weinen.
«Bin gleich wieder da», sagt sie.

Das Licht sickert warm durch die Ritzen der Korbhängeleuchte. Altbau. In der Küche ist vieles aus Holz. Die Arbeitsplatte, offene Regale, der Dielenboden.
Der abblätternde weiße Lack auf dem 50er-Jahre-Tisch und den Frankfurter Stühlen ist ein bisschen zu sehr Shabby Chic. Aber das Wachs, das über den Bauch der Weinflasche fließt, holt's wieder rein. Erinnert mich an dunkle Herbstvormittage im Café Cream, als wir blaugemacht haben.

«Sorry, aber sie schläft sehr schlecht zurzeit. Der Schulanfang ist bisher nicht so leicht für sie.»
«Die Arme. Hat sie denn schon Freunde gefunden?»
«Nee, noch nicht. Aber erzähl du weiter. Wie waren die Leute? Ist doch bestimmt voll cool, in so ner Gruppe zu sein die ganze Zeit.»
«Ja schon.»

Pia schiebt das obere Fach der Spülmaschine rein und räumt unten die großen Teller raus. Omablümchen mit Goldrand. Vom Hofflohmarkt.
Ich frage: «Und wie oft sieht Leni ihren Papa?»
«Jedes zweite Wochenende. Das ist auch schwierig, weil sie sich dann immer neu umgewöhnen muss. Sie braucht mich nachmittags nach der Schule total. Vorlesen, kuscheln. Sie muss auch oft früher heim. Ich kann also kaum arbeiten. Jetzt ist noch dazugekommen, dass sie sehr wenig isst.»
«Oh Mann, so schwer tut sie sich?! Dein Stress ist schon ne andere Nummer. Aber mit dir und Christian läuft's gut? Und mit ihm und ihr?»
«Ja, voll, zum Glück. Wir haben jetzt mehr Struktur im Alltag. Wir wechseln uns ab mit Ins-Bett-Bringen. Feste Abendessenszeit und so. Das tut gut.»

Pia klopft Essensreste aus dem Sieb der Spülmaschine in einen kleinen Komposteimer und räumt dreckige Müslischüsseln ins obere Fach. Ich denke: Wie viele man als Familie davon hat.

«Und die Boys so?»
«Hm, ja schon cool, aber jetzt so nix, also einer war ganz gut, aber der hatte ne Freundin.»
Ich sage nicht, dass ich in der Hängematte oft geweint habe. Heimlich unter der Kapuze. In meinen Ärmel.
Ich sage nicht, dass mich einer der Campleiter nach der halben Flasche Primitivo angesprochen hat, was denn mit mir sei. Warum ich immer so traurig aussähe. Und dass sie, alle vier, es nicht verstünden, wieso sie es nicht schafften, mit mir Blickkontakt aufzunehmen. Weil ich ihnen gefiele.
Ich sage nicht: wie gut es mir gefallen hat, dass es keine Spiegel gab. Also nur den einen bei dem Waschbecken, wo eh immer besetzt war.

Leni steht in der Küchentür mit einem kleinen Kamel im Arm.
«Ich kann nicht schlafen.»
Pia geht zu ihr, streichelt über ihren Kopf und sagt:
«Dann mach deine kleine Lampe an. Du darfst noch ein Buch anschauen.»
«Ich hab Durst.»
«Ich füll dir deine Nachtpulle auf, und dann komm ich später noch mal und mache das Licht aus.»
Das Kamel winkt mir «Tschüss», und sie verschwindet.
Pia legt einen Tab in die Luke und schaltet die Spülmaschine ein. Die gurgelt und schlürft, bis ein gleichmäßiges Summen und Schwappen erklingt. Das beruhigende Geräusch mochte ich schon damals, zu Hause, wenn ich in der Küche Hausaufgaben gemacht hab.

Pia sagt: «Boa, würd ich gern deinen nächsten Flug nehmen. Strand. Nur um mich selbst kümmern. Ausschlafen.»
«Ausschlafen? Die erste Session startet oft um fünf in der Früh.»
«Egal, das ist was anderes.»
Ich spüre meine Augen. Meine Mundwinkel ziehen.
«Was ist los?», fragt Pia.
Ich dachte nicht, dass man es sieht. Es ist mir peinlich.
Die Klappe ploppt auf, um den Tab in die Kammer zu schleudern.
Einzutauchen. Zu versenken.
Aufzuweichen. Aufzulösen.
Wie aus dem Nichts überkommen mich meine Tränen. Und ich lache. Weil ich selbst so verwundert darüber bin.
«Oh no. War da doch ein Typ?»
Ich schüttele den Kopf und schluchze und wische Tränen und lache, weil es so skurril ist.
«Also, ich versteh nicht», sagt Pia.
Und ich verstehe auch nicht, doch ich spüre Worte in meinem Kopf vorbeihuschen:
Ich will deine Probleme.
Ich will eine Routine mit Leuten, die ich jeden Tag sehe. In einer warmen Küche.
Und mehr Geschirr, weil mehr Leute in dieser warmen Küche essen.
Wogen. Strömen. Schmettern.
Gegen Müslischüsseln.
«Ich will auch eine Spülmaschine einräumen.»

clean family

WEISSES MONSTER

Ich seh Dich weiß. Hier vorne. Ich trau mich nicht.
Weicher Schaum um meine Füße.
Du bist meine Lektion.
Beharrlich, echt, endgültig, tadelnd.
Ich bin unzufrieden. Unerfahren. Unbefriedigt.
Nichts als Chips.
Wer sich traut, ist kein Versager.
Wer nichts wagt, hat nichts zu sagen.
Du machst mich schwach. Ich mach mich fertig.
Hör mich schreien. Warum ich nicht kann.

Du bist mein Rätsel:
Was ist vorne weiß und hinten grün?
Vorne flach. Nicht fremdbestimmt.
Hinten unvorhersehbar.
Mal smaragd wie Sansibar.
Auf Sri Lanka: hell. Türkis.
Lieber müde?
Du machst mich verrückt. Ich seh mich zeigen: Da!

Skaten
verboten

DIE NEUE

Kniehoch. Graue glatte Mauer. Neben der ich jetzt entlanglauf.
Unter Kastanien bis zum Schild:
«Skaten verboten.»

Manchmal sitz ich hier mit Kaffee, bis ich nicht mehr schwitze.
Bevor ich reingeh.

Ich bin die Neue.
Die Schnittstelle.
Ich sammle, was sie wollen. Die, die benutzen, testen, Fehler machen. Die beschreiben. Informieren.
Gebe weiter, an die, die immer Süßes in der Schublade haben. In jedem Chat sind. Immer helfen. Die, die zocken. Die es auf den Punkt bringen. In einem Satz. Wenn man sie fragt, worum's geht. Und warum's geht. Damit die App den Anforderungen entspricht.

Nerf Guns. Sitzsack. Bisschen albern.
Viele Bücher, die man immer lesen darf.
Kollegen. Kneipe. Bisschen lustiger als vorher.
Meine Tasse räume ich jetzt ins obere Fach.
Oder ins untere.
Viele Tassen hier zum Spülen.

AUFGETAUCHT

Da ist Wind. Heut bist Du grau.
Versteckt im Nebel. Alle hinten. Nicht zu sehn.
Da ist Regen. Da ist Kälte.
Du bist trüb. Ich bin allein.

Brechend. Reißend. Drückend. Hart.
Ich hab die zweite.
In Dir.
Hab's versucht.
Gestürzt. Umwirbelt. Arme flattern.
Um mich braune Algenfetzen.

Unter Dir hör ich Dich brausen.
Donnernd. Sprudelnd. Schwemmend. Harsch.
In mir kaum noch Sauerstoff.
Unter mir die scharfen Felsen.
Füße anziehn. Kopf beschützen.
Schmerzen. Pause. Schmerzen. Trance.
Ein Set ist durch.

Über Dir hör ich mich schreien.
Kehle würgt und Augen brennen.
Atmend.
Aufgetaucht.
Brett gebrochen. Leash gerissen.
Wieder knapp.

ER
Er sieht Asphalt, Bier, Bordstein, Pommes.
Hat Dreck an Händen. An den Knöcheln.
Bisschen Ketchup. Bisschen Blut.
Löcher in Janoskis. Helle.
Laute Rollen. Klackern.
Beim Schild: «Skaten verboten.»
Sausend. Springend. Fallend.
Lachend.
Zwei Zähne, eine Lücke.
Und einer fehlt.

Ich seh Skateboards scrollen. Neben mir.
Beim Weekly.
Ich hör ihn flüstern: «Flurfunk sagt, du bist im App-Team.»
Ich sag: «Requirements.»
«Web-Team. UX.»

Ich hör mich: «Lass mal.»
Und ihn: «Komm schon.»
Mehrmals.
Na gut. Zwei Magnum.
Jeder eins.
Bisschen kichern. Bisschen bleiben.
Und dieses eine Wissen.
Vorletzte Nacht: die letzte Nacht alleine.

fear
mum

future

TAUBENBLAU METALLIC
Beim Eis am dritten Feierabend. Mein Blick auf dem Bettzeug im Laderaum.
«Schläfst du hier?»
«Nur, wenn ich übern Brenner fahr.»
«Aber … Fährst du heute?»
«Wenn du mitkommst.» Er grinst. «Montag ist ja Feiertag.»

An der Tanke sagt er: «Am Gardasee kenn ich nen Parkplatz, wo man nachts gut umsonst stehen kann.»
«Aber nur für eine Nacht.»
«Morgen gleich wieder zurück? Das lohnt sich ja überhaupt nicht!»
«Nein. Dann weiter. Es muss schon das Meer sein.»
«Ach so. Wie war das mit dem kleinen Finger?»
Lachender Kuss auf meinen halben Mund.
Fester Griff an meinem Po.

SPRITZER

Tintenblau, fast schwarzes Wasser.
Bisschen silbrig in der Mitte.
Blaue Lippen. Nasse Haare.
Warmer Arm um meine Schultern.
Feuchtes Handtuch. Bisschen sandig.
Warmes Bier.
Ich hör ihn schwärmen. Vom Leben voller Wir.
Ohne Schlaf. Mit viel Geschrei.

Du machst mich blau. Ihn auch. Ein bisschen.
Ich fürchte mich. Vor Dir.
Was Du bringst und was Du nimmst.
Und wie ich dann wohl bin.

Ich seh Dich weiß. Ich trau mich nicht.
Auf meiner Haut.
Schießend. Warm. Vulgär.
Zelt auf. Kippe. Bisschen schüchtern.
Ich wasch Dich ab. Du machst mich schmutzig.
Zwei Ängste gibt's.
Doch dieses eine Wissen.

HOCH ZU IHR

Hoch zu ihr gehe ich im Schatten von Buchenblättern und Kiefernnadeln. Damals.
Dunkle moosige Stämme. Dichte Büsche. Ein schmaler Pfad, dem ich folge. Und hoffe, ihr nicht zu begegnen. Auch wenn ich sie gerne sehen würde.
Ich achte auf Wurzeln und Steine.
Das Strömen, Fließen, Reißen eines Bachs begleitet mich, er ergießt sich immer wieder in kleinen Wasserfällen. Bis er meinen Weg kreuzt. Eisblau, schnell, brodelnd.
Meine zertretenen weißen Nike Dunks, die jetzt Wanderschuhe sind, und der Saum meiner schwarzen Leggins sind nass.
Dafür sauber. Weil ich es beim Sprung unterschätzt habe, dieses grüne wehende Algenhaar.
Ich lasse das Rauschen hinter mir und begegne allmählich einer neuen Stille. Nur mein Schnaufen. Mein Nacken verhärtet sich mit jedem Knarzen im Gehölz.

Normalerweise habe ich Angst eher vor Männern.
Spät nachts. Besoffen. Nahe der U-Bahn.
Heute vor ihr.
Doch meine Angst war wohl nicht groß genug, um östlich zu bleiben. Im flacheren Gebiet, das ich gestern mit Locals erkundet habe. Wir trugen die Overalls, Uniformen könnte man sagen. Türkise klare Seen, weißer lehmiger Grund.
Farne am Rand.

boo

MOM

Aber heute möchte ich zum Gipfel. Alleine. Und der ist westlich, wo auch sie sein könnte. Mein Vertrauen ist wohl größer als die Angst. Das Vertrauen in meinen breiten Schal, mein Tuch. Und in mein Kumasuzu. Sie haben es mir gegeben, dieses kleine Glöckchen, mit dem sie mich schon von Weitem hören kann. Und mir dann hoffentlich aus dem Weg geht.
Wie groß sie wohl ist?
Zuerst gehe ich langsam. Es ist steil. Ich atme die feuchte Luft tief ein. Das Sonnenlicht sickert durch die Blätter auf den Waldboden. Nach einer halben Stunde kehre ich um. Ich hab die erste. Ich gehe schnell bergab, zurück.
Noch weiß ich nicht: Ich bin wie sie.

58

AM FEUER

Noch schwimmst Du.
Manches Scheit ist kurz ganz blau.
In den Wellen.
Vom unteren der Flamme.
Wie würdest Du sein?
Das Gelb oben tanzt und zuckt.
Auf dem Thron.
Erika?

Erika?

nope
yay

GISCHT

Im Zelt vergessen. Seitenstreifen.
Tür knallt. Kurz vor Castelsardo.
Schlüssel baumelt noch im Zündschloss.

Tritt an grüne Tonne. Kippt.
Hör ich gedämpft. Von innen.
Raben kommen, picken Pommes.
Meine Zähne ziehen Haut
von meiner Unterlippe.
Klein, rund, pink im Blister.

Hellgrau-weißer Himmel. Möwen segeln.
Überm Abgrund. Kein Geländer.
Rauch zieht schnelle Formen zwischen Mund und Hand.
Nur sein Cap sagt mir Salut.
Gischt weht hoch zu Taubenblau metallic.
Sonst Gummi?

Meine Füße zwischen Dosen.
Moretti. Fanta.
Bäckertüten.
Vorbei an Pommes.
Gänsehaut.
An seinem Oberarm.
Er sagt: «Ich fahr doch keine zwanzig Kilometer zurück,
nur weil du die unbedingt noch nehmen willst.»
«Es tut mir leid. Ich trau mich nicht.»

SALUT!

natur

IM NEST
Katzenhaare im Mund stören ihn nicht, als er die Babys mit seinen Zähnen im Genick durchs Stroh trägt. Damals.
So wie heute.
Zwei große Kater auf seiner Couch.

FRUCHTWASSER

Ich seh Dich knallblau in Marokko.
Verheißend. Wissend. Majestätisch.
Lehrend. Nicht verhandelbar.
Ich bin klein und Du bist groß.
Hab Dich betrachtet und erkannt.
Umarmt.
Ich lass jetzt los.
Du machst mich stark.
Bisschen Banane. Bisschen Kaffee.
Straßenhunde. Jeep.
Und los.

Zwei Ängste gibt's. Ich hab die zweite.
Die erste, weil man nicht will.
Die zweite, weil man doch will.

Weißwasser. Schon gebrochen.
Hinter mir am Strand gelassen.
Grün. Weit draußen. Roh.
Vor mir ins Visier genommen.
Schnell und neckisch. Wild und hoch.
Ich hör Dich säuseln. Plätschern. Schwappen.
Channel saugend. Trag mich raus.

Draußen trotzdem bisschen warten.
Vier Sets. Fünf Sets.
Dann paddeln! Paddeln!
Diesmal früher. Diesmal schneller.
Brett hebt sich. Kopf senk ich.
Arme pressen. Beine springen.
Wacklig. Wachsam. Langsam hoch.
Nicht mehr blinzeln.
Sausend. Stehend! Lachend.
Da.

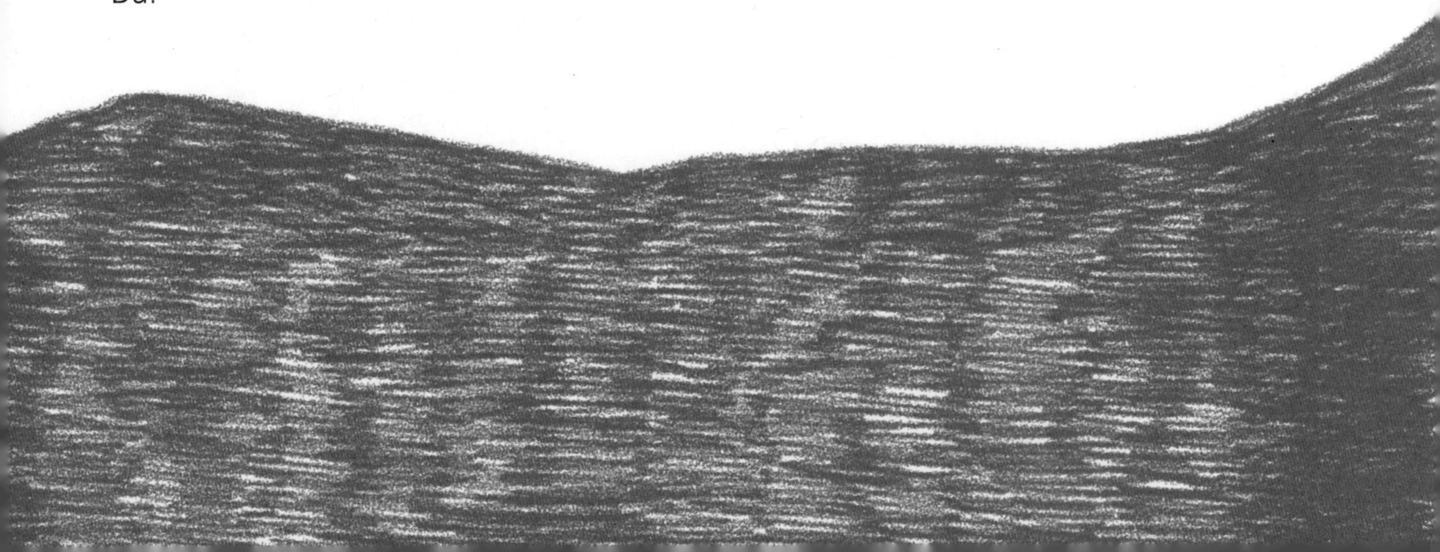

STILLES WASSER

Stilles Wasser. Kann ich nicht mehr trinken.
Du machst mich schwer. Müde. Schwach.
Ich seh mich grün. Ich traute mich.
Jeden Morgen. Mein Innerstes nach außen.

Ich seh Dich grau. Verschwommen. Schwimmend.
Zapplig. Dünn. Zerbrechlich. Wachsend.
Wie ein Fisch. In seiner Höhle.
Versteckt. Geborgen.
Wartend. Still.
Wenn es kühl und glibbschig streift,
hör ich Dich rauschen.
Schlagen.
Schneller als meins.
Ich liebe Dich. Schon jetzt.

irgendwo
da
dort
hier
no fear

NAHE DER U-BAHN
Nun spüre ich ihre Krallen. Sie sprießen aus meinen Fingerspitzen und legen sich um meinen Bauch. Nahe der U-Bahn.
Früher hatte ich Angst vor Männern. So wie alle. Aber jetzt, seit ich bin wie sie, tragend, wachsam, schützend, weiß ich, warum in der Tierwelt Mütter die Gefährlicheren sind.

WASCHWASSER

Heiß. Zugedeckt.
Wacholder. Indische Melisse. Dampft. Kullert.
Spuren auf Lunge, Stirn und Fliesen.
Wie eine Suppe. Ausgekocht.
Aus mir.
Rot in Orange. Aufgeweicht.
Weite Gefäße. Tiefe Furchen. Flacher Atem.
Mit tiefblauen Träumen von Grün.
Immer.
Lange.

Langsam immer weniger.
Immer tiefer. Rutschen.
Weil ich nicht mag, wenn's zieht.
Vor mir weiße Höhen. Eine. Immer höher.
Schaumverpackt. Jetzt Lavendel.
Kalter Atem. Gegen meinen Handrücken?
Verkrampft. Zur Seite?
Unbequem. Noch tiefer?
Kaum noch möglich.
Damit er nicht mehr zieht. Dieser kalte Atem an meinem großen Bauch.

Melisse
Lavendel

salut!
MOM

SÜẞWASSER
Grüne Wellen. Winzig.
Eher Ringe. Um mich.
Tannen. Alpen.
Achensee.
Weiter sind wir nicht gekommen.

«Sie dürfen schon fliegen, aber ich empfehle es Ihnen nicht,
denn wenn dann etwas sein sollte, werden Sie sich immer
Vorwürfe machen.»

Bisschen waten. Bisschen treiben.
Wie die Boje. Da hinten bei den Booten.
Ich fühl mich leicht.
Ich hör Dich necken: «Siehst Du.»

AM ZAUN
An vier Tagen bin ich noch mal hin. Ohne den Makler.
Schwitzend. Zitternd. Bisschen würgend.
Ich hör Magda: «Ein Eis heißt nicht gleich Gartenzaun.»
Er sagt: «Garagenwerkstattparadies.»
Ich sag: «Zu früh. Zu weit. Zu spießig.»
Er sagt: «Ich reparier dein Fahrrad.»
Ich sag: «Na gut.»
Weil er sagt: «Is doch nur zur Miete.»
Vier Mal stand ich am Zaun, weil ich noch nicht wusste,
dass ich strahle, wenn ich in Gummistiefeln über Raureif
zum Kompost gehe.

HERBSTMÄDCHEN

Kleine Glutpünktchen fressen sich durch die Rinde.
Sie leuchten verteilt auf.
Wie eine Stadt bei Nacht.
Von oben.
Aus dem Flugzeug.
Kopfüber nach unten.
Immer tiefer.
Deine Füße in meinem Magen.
Henrietta?

Der Ofen ist schwarz, die Glut ist rot.
Wie die Kater. Einer schwarz, einer rot.
Einer gemütlicher als der andere.
Ich auch.
Solang ich mich nicht bewege.
Der rote Kater rollt sich auf den Rücken,
alle Viere von sich.
Ilse?

Morsø. Eichhörnchen im Schamott.
Von außen Langeweile. Scheinbar.
Aber von innen nichts. So angenehm wie nie.
Ich stehe auf.
Schwapp.
Lege nach.
Buche.
Und lege mich zurück.
Ein Feuer wird sich noch entfachen.
Martha?

Vielleicht fehlt nur eins.
Nicht mehr, nur seitlich liegen zu können.
Der rote Kater leckt dem schwarzen den Kopf.
Der schwarze dem roten auch.
Kommst Du vielleicht heut Nacht?
Eva?

Das Rot ist hell und leuchtend.
Ich darf die Augen nicht schließen,
sonst wird es grau und kühl.
Federleicht.
Ein Hauch. Alles weg.
Der schwarze Kater steht auf.
Zerreiß mich nicht.
Greta?

Wer Du wohl bist?
Ich will wissen, wie Du heißt.
Dabei bin ich die, die Dich nennt.
Wie viel bist Du und wie viel bin ich – die Bestimmerin?
Wie viel ist davor und wie viel deshalb?
Ich bin voll Wasser.
Für Dich.
Der schwarze Kater kuschelt sich auf mich und schnurrt
Dich in meinem Bauch an.
Ob Dich das später auch beruhigt?
Meine Welt.
Ich warte auf Dich.

MOM

IM HAUS
Der Keller ist unter Wasser.
Neptun spuckt mich an.
Blaue Bahnen auf meinen Beinen.
Als ich im Müllerschen Volksbad treibe.
Täglich.
Stützstrümpfe morgens vor dem Kaffeekochen.
Danach ist's schon zu spät.

Im Erdgeschoss ist Schimmel.
Ich durchsuche die Küche, aber die eine Sache,
die mich heute nicht anekelt, fehlt.
Drei Wörter laufen in meinem Alltagsrad:
Schwäche. Schnell. Schlecht.
In zufälliger Reihenfolge.
Zu schwach zum Einkaufen, lege ich mich
mittags ins Bett und warte, bis er
abends von der Arbeit kommt.
Übelkeit krampft.
Heilen können nur Gummibärchen.
Allein ihr Restgeruch in meiner leeren Hand.

Im Dachboden ist Chaos. Ich finde nichts.
Die Arzthelferin schimpft, weil ich nicht beim Termin war.
Beim Hofladen muss ich anschreiben, weil ich meine PIN
nicht mehr weiß.
Ich trage Deinen Namen in Listen ein.
Anstatt meinen.
Um Mitternacht beim Film sage ich nichts.
Zu ihm.
Er dann auch gar nichts mehr.
Zu mir.
Weil ich vergessen habe, dass wir reinfeiern.
In seinen.

Rettungs-
Bären

Im ersten Stock staut sich die Luft.
Von Parkbank zu Parkbank zur Bushaltestelle, auf deren Bus
ich nicht warte, aber wo ich eine Pause mache.
«Hey, na, du auch?»
«Ja! Achtundzwanzigste.»
«Dreißigste. Wollen wir bald mal?»
«Ja klar.»
«Cool.»

Doch nicht. Beide zu müde.

Sie sagen: «Und Gin Tonic im Charlies?»
In der Vorratskammer stehen nur noch Reste.
Verkalkt.
Ich bin Dein Haus.
Adrenalin.

MONSTERCHEN

Ich hör mich wimmernd. Stöhnend. Fluchend.
Schmierend. Nass.
Ich seh ihn taumeln. Unter meiner Masse.
Voller Wir.
Sein Nacken rot von meinen Händen.
Ich spür ihn zweifeln. An seiner Kraft.
Salzig. Glänzend. Pause. Tankend.
Ein Biss Bifi. Schon vorbei.
Doch in seinen Augen: Schwärmen.
Von meiner Kraft.
Ohne Schlaf. Mit viel Geschrei.

Bangen. Reißen. Winden.
Stehend. Überwinden.
Hier stark, da stark.
Du kommst in Wellen.
Die kenn ich und die kann ich.
Ich kann es nicht erwarten.
Schreien. Atmen. Öffnen. Leben.
Schmerzen. Pause. Schmerzen. Trance.
5 Sets. 50 Sets. 500.
Noch einmal pressen.

Ich seh Dich blasslila, hellblau. Angeschwemmt.
Gequetscht. Zart.
Mein Monsterchen.
Fremdbestimmt. Von Dir.
Haltend. Nährend.
Lieber müde!
Ich hör Dich schreien. Sauerstoff. Endlich.
Meine Grenze: gestern unreif. Heute wissend.
Gestanden.
Da.

UMGEZOGEN

Ich wickle Dich in ein Handtuch, damit es Dir nicht zieht.
Du kamst aus der warmen Wanne.
An Deiner Schnur.
Ich dachte, sie sei weich, aber sie ist eine zähe Kordel.
Wie eine Mischung aus Retro-Telefonkabel und Twizzler.
Ich schneide Dich frei.
Endorphine.

Dein Zimmer reißen wir jetzt ab.
Handvoll um Handvoll blute ich es raus.
Während Du trinkst.
Oxytocin.

Erst ist es wenig.
Drei Schlucke.
Dom Pérignon.
Dann reicht der Gedanke an Dich.
Als ich nachts aufwache, ist mein T-Shirt nass.
Prolaktin.

Ich hab aufgehört, aber Du ziehst jetzt.
An mir.
Deiner Kippe.
Mein Fix.
Relaxin.

Hemmungslos stopfe ich den Belag in mich hinein, obwohl die Brotscheiben schon leer sind, und antworte der Schwester mit vollem Mund.
Kalorien.

DIE BÄRIN
Leise grunzt Du wie ein Ferkel.
Auf Deiner Suche nach Nahrung.
Dabei bewegst Du Deinen Kopf wie ein Specht, nur langsamer.
Ich bin Dein Baum.

Auch die Kater fragen sich, was Du für eins bist.
Eins von ihnen?
Beute?
Sollen sie Dich fangen?
Zu langsam.
Sie legen sich neben Dich.

Geschmeidig und träge, wie ein Leopard.
Vollgetrunken.
Döst Du am Ast.
Meiner Schulter.
Aber wenn ich Deine Gliedmaßen auseinanderziehe,
bist Du drahtig wie ein Kaninchen.
Wie die Zunge einer Löwin massiert meine Hand Deinen Bauch.

Du siehst runzelig aus.
Kaum Hals im Speck.
Heute etwas gelblich.
Kleines Kinn. Kurze Nase.
Wie eine Mischung aus Schildkröte, Mops und Kanarienvogel.
Dennoch denke ich: Schönheit.

Deine Arme und Beine von Dir gestreckt.
Symmetrisch.
Am Bauchnabel gespiegelt.
Wie ein Kind einen Frosch malt.

Wenn ich nachts nach Dir fühle, umgreifen
fünf kleine kalte Shrimps meinen Finger.
Dennoch ist mein Gefühl warm.

Du gräbst Dich durch den Gang zum Licht
wie ein Maulwurf mit seinen Grabschaufeln.
Immer wieder.
In Deinem Traum.
Ich sehe Dich.
Musste mich nicht betäuben.

Seine Hände sind von meinen Fingern noch tagelang blau.
Deine Bindehaut rot.
Vom Druck.

Sie schenken Dir Pullover.
Mit Elefanten. Aber das trifft es nicht.
Mit Walen. Schon eher. Für mich.
Üppig ließ ich Dich schwimmen.

boo!

Kaum bewegst Du Dich jetzt. An mir.
Bei der Arbeit im Garten auf meinem Rücken.
Du bist ein Tragling.
Warm. Eng. An.
Noch weißt Du nicht, dass wir nicht eine Person sind.

Alles reinige ich an Dir.
Weiß. Gelb. Ocker. Braun. Rot.
Und empfinde keinen Ekel.
Wie eine Kuh die Plazenta frisst.

Ich wache über Dich wie eine Eule auf dem Stamm.
Du musst nicht schreien. Beim Öffnen Deiner Lippen
drehe ich mich bereits zu Dir.

Deinen Vorrat habe ich mir angefressen
wie ein Siebenschläfer seinen Winterspeck.
Später neigt er sich dem Ende, und hinterlässt
mich mager und zerzaust wie eine Straßenkatze.

Ich muss Mittagsschlaf halten. Seitlich.
Auf dem Teppich. Wie eine Hündin.
Denn Du bist nicht müde und kletterst
auf mir herum wie mein Welpe.

Ich war ein Reh. Als Kitz.
Schultern oben. Augen offen.
Bei jedem Knistern im Dunkeln gezuckt.
Es war nie nur die Katze.

Aber in unserer Höhle.
Leckend. Witternd. Fletschend.
Bin ich eine Bärin.
Zucken nur in den Krallen. Bereit.
Ich denke: Komm nur. Der's wagt.

FINDEN

Ich lege Dich an.
Ich lege Dich trocken.
Ich lege Dich zu mir.

Du tust nichts für mich.
Ich tue alles für Dich.
So leicht.

TROPFEN

Früher liegend eine Stunde. Heute zehn Minuten stehend.
Schwitzend.
Schaumblasen rinnen meinen Körper hinab
und sammeln sich um meine Füße.
Auf meinen Schultern Klopfen. Trommeln. Prasseln.
Lauter als der Regen.
Aber wie Stille.
Dampf atmend schließe ich die Augen.
Das heißeste Onsen in Tokio war 42 Grad. In der Banja in Vologda hatten wir die Birkenzweige vorher selbst gesammelt. In der in Irkutsk hatte ich mein Wasser vergessen. Im Kreißsaal nahm mir die Schwester die Wärmflasche vom Kreuz, weil ich wohl schon Verbrennungen bekäm.

Wie lang ich wohl noch hab? Vielleicht ist ja diesmal gar nichts.

Aus.
Schreie.
Wohl doch.
Ich öffne die Badezimmertür im Handtuch.
Er trägt Dich. Stofftier. Schnuller. Rassel.
Bisschen wippen. Bisschen streicheln.
Man könnte denken, Du hast Schmerzen.
Bebst. Glänzt.
Wimpern von der Flut verwüstet.
«Schon lang?»
«Gleich nachdem du rein bist.»

MOM

Ich nehme Dich aus seinen Armen.
Noch einmal schluchzen.
Wieder Stille.
Im Flurspiegel sehe ich Dich so rot wie mich.
Angelehnt.
Die offene Terrassentür trocknet uns.

SUPER
RELAX
DUSCHGEL
IM HIER
UND JETZT
FÜR HAUT
UND HAAR

Bio

AUF DEM HEIMWEG

Beutel voll Biogemüse schneiden in meine Handflächen.
Ich trage Tiger. Narben. Stolz.
Gemächlich.
Knorpel in meinem Becken. Immer noch gelockert.
Deine Wange klebt im Schweiß an meiner Brust.
Eimerweise wird der Keller leergepumpt.

Im Flur sieht er Riesenbrüste neckisch an sich vorbei wippen.
Riesenbrüste, die viel zwischen sich aufnehmen könnten.
Aber sie tun es nicht.
Wer spritzt zuerst?

Du schluckst Luft. Dein Resonanzkörperchen
lässt jeden Dreizehnjährigen mit seiner Zwei-Liter-Colaflasche
vor Neid erblassen.

Eigentlich vegan, aber Du zwingst mich zu Schmand.
Nachts. Pur. Ganzer Becher.

Morgens sammle ich meine Haare vom Kopfkissen,
solang er noch schläft.

Sie sagen: «Willst du nicht, dass dein Körper wieder dir
gehört?»
Ich rieche Deine Stirn: betörend.
Nochmal.
Ich küsse Deinen Kopf.
Du schaust mich an und lächelst Dir den Schnuller raus.
Mein Blick schweift durch die Wohnung. Über meinen Körper.
Und ich bin dankbar, dass ich Makellosigkeit nicht anstrebe.
Er gehört mir.
Und ich will ihn Dir leihen.

Schmand
Schmand
Schmand

12
11
10

HOCH ZU DIR

Hoch zu Dir gehe ich nachts, wenn Du weinst.
Ich rolle erst die Augen und dann
mich von der Couch.
«Soll ich mal?», sagt er.
«Nee, passt schon», sage ich.
Murmelnd verlasse ich das Wohnzimmer.
Kann man nicht ein Mal ...
Er und die Chips und der Film sind auf Pause.
Nur kurz.

Stufe um Stufe lasse ich den weißlichen Schein des Bildschirms
hinter mir und begegne, durch den Türspalt, dem schwach
orangefarbenen Leuchten des Nachtlichts.

Ich sehe Dein Gesicht schreiverzerrt. Deine Unterlippe vorgeschoben. Du bewegst Deinen Kopf ruckartig hin und her. Fuchtelst. Geballte Fäuste. Strampelst. Ich lege mich neben Dich. Auf die Seite.
Mein linker Ellbogen stützt sich ab.
Mein rechter Arm drückt Dich an mich. Dein Kopf ist heiß. Ich fühle in Deinem Nacken. Ob Du Fieber hast? Oder hast Du Dich nur warm geschrien? Ich öffne die obersten Knöpfe Deines Schlafsacks.

Du windest Dich. Wehrst Dich. Ich beuge mich über Dich. Mein Kinn auf Deinem Kopf. Dein Kopf an meinem Hals. Ich halte Dich fest. Lasse Dich Herzschlag spüren. Du wirst ruhiger. Nur kurz.

Deine Beine treteln in meinen Bauch. Deine Grenze. Jetzt von der andern Seite.
Deine Augen sind geschlossen, doch wie ein Magnet findet Dein Mund meinen Körper. Wenn ich mein T-Shirt hebe. Ich höre Deine Schlucke und spüre Dein Saugen. Wie jede Nacht. Mehrmals.

Meine Lippen streifen über Deine Schläfe. Ich rieche sie. Mit Absicht. Süßlich.
Mandel. Obwohl Dein Öl ohne Parfum ist. Und so ein Geruch nach Haut und Staub und nichts und irgendwie Dir, dem ich mich schwer entziehen kann.

Stay tuned

Meine Lippen streifen weiter über Dein eisiges Ohr.
Es riecht nicht so süß.
Morgen werde ich es sauber machen. Dein Nacken ist nicht mehr schwitzig. Dein warmer Hinterkopf schmeichelt meiner Handfläche. Er passt exakt hinein. So behaglich.
Diese Feinheit von Haaren, die noch nie geschnitten wurden.

«Zisch», höre ich unten. Zwei Mal. Dann einen Flaschenöffner, der zurück an den Haken gehängt wird. Den Kasten Vitamalz hab ich gestern schon im Keller gesehen.
Nur kurz.

Deine Augenlider sind ruhig geworden. Dein Atem gleichmäßig. Ich entziehe meinen Körper Deinem Mund und denke, ich kann gehen. Sanftfüßig tapse ich zur Tür. Wärmer in Richtung Chips. Doch Du quiekst.

Meine Schultern zucken und ich drehe mich wieder zu Dir.
Du wippst Dich mit den Beinen auf und ab und strahlst mich an, als wolltest Du sagen: «Schön, dass du kommst! Was wollen wir spielen?»
Ich muss lächeln.
Kälter in Richtung Chips, lege ich mich wieder neben Dich.
Du scheinst noch nicht satt zu sein.
Es ist das vierte Mal heute Nacht.

Die Rückseite meines Zeigefingers fühlt einen
leichten Kratzer auf Deiner Wange.
Du greifst meine Haarsträhne und ziehst. Meine Fingerspitzen tasten krustige Flecken auf dem Laken. Tropfen aus Deinem Mund. Von wenn Du beim Trinken einschläfst.
Meine Hand ist gespreizt so breit wie Dein Rücken.
Deine Hand hält meinen Ärmel fest.
Wie lang der Player wohl auf Pause bleiben kann?
Du nuckelst weiter. Ins Leere. Also schläfst Du. Diesmal wirklich? Viel Hunger scheinst Du nicht gehabt zu haben.
Ich atme tief durch. Jetzt kann ich gehen. Mich davonschleichen.
Diesmal vorsichtiger. Leiser.
Gleich.

Deine Wimpern sind lang. Eine Träne hängt noch drin. Deine Fäuste sind jetzt geöffnet. Liegen neben Deinem Kopf. Behutsam lege ich meine Wange an Deine.
Lange.
Sie ist prall und glatt. Ich tupfe einen Milchtropfen auf Deinen Kratzer.

Mein linker Arm rutscht langsam um Dich.
Mein Kopf auf die Matratze.
So behaglich. So geruhsam.
Ich höre Stimmen. Jemand erklärt was. Das ist nicht der Film.
Das heißt, er wartet. Wohl bis morgen.
Ich schließe meine Augen und spüre: Ich lasse mich nieder.
Damit Du satt wirst, von dem Gefühl, dass ich da bin.

Malzbier
ZU SCHADE
FÜR DEN KELLER.

KUMASUZU

Zwischen unseren Kissen wünsche ich mir wieder ein Kumasuzu. Eins, das sie alle tragen, damit ich sie schon von Weitem höre und ihnen früh aus dem Weg gehen kann.
Ihnen allen, die ich früher nicht kannte.
Dem heißen Tee auf dem Nachttisch. Neben Deinem Kopf.
Dem Nudelwasser beim Abschütten. Wenn Du zwischen meinen Füßen krabbelst.
Dem Treppengitter. Das ich vergesse zu schließen. Dem Fenster.
Den Nüssen und Trauben. In Deinem Hals.
Den Stricknadeln in Deinen Händen. Nahe der Steckdose.
Den Herdplatten. Auf Kinnhöhe.
Dem dünnen Eis. Auf dem See.
Dem Ball. Der auf die Straße rollt.
Den Gummibärchen. In der Hand des Fremden.

SALZIGE MILCH

Hellbraun ausgeschwemmte Felsen.
Agaven, Rosmarin, Mimosen.
Wie in Garten Eden. Hemingways.
Durst nach Wasser.
Beim Gedanken an den Alkohol.
Den sie da immer trinken.
Schon tagsüber, bei Hitze.
Platanen schälen ihre Rinde, Pinien werfen ihre Nadeln.
Weiße Myrte blüht, entlang der Steintreppe hinab.

Hier bist Du seicht. Hab Dich vermisst.
Duftest algig. Blendest.
Tränkst heiße Steine. Runde. Schwarze.
Wilde Hunde schnüffeln.
Morgens. Neben der Saison.
Du kraulst die Bucht.
Mich.
Geschmeidig.
Heut mit langen blauen Händen.
Weißen Fingerspitzen. Knöcheln.

Du und Du.

MUM

Vertieft. Strategisch.
Schaufelst Steinchen.
Knirschen.
Auch später in der Windel.
Zappeln. Platschen.
Bisschen lachen. Bisschen Pipi.
Weiß und glänzend. Deine Beine.
Tauchen ein.

Tiefer.
Heben. Senken. Dippen.
Niemand. Kein Bikini.
Meine Beine. Bisschen dicker.
Bänder. Muskeln. Bisschen weicher.
Ohne Brett.

In meinem Kopf jetzt Kippenstummel. Tote Fische.
Quallen. Angelhaken. Sog.
Augen offen. Nicht zu weit.
Ich halt Dich fest.

Leiser Channel trotzdem da.
Ich hab die erste.

Also raus?
Nicht ganz.
Kleiner Po auf großer Hüfte.
Westwind bläst mir Gänsehaut.
Bisschen bibbern. Bisschen kuscheln.
Getrocknet.
Meine Beine noch im Wasser.
Immer noch.
So weich.
Schmeichelst Schenkeln. Funkelst.
Tankst mich auf.
Später wieder mehr.

Sonnenstrahlen. Bisschen jucken.
Weiße Reste. Glitzern. Schmecken.
Dein Mund sucht.
Auf dem Grund.
Piksen.
Alte Häuser kleiner Krebse.
Einer trägt seins noch davon.
Manche ganz, manche in Scherben. Ketten.
Wirst Du später basteln.
Jetzt trinkst Du.
Salzige Milch.

wääh...

SCHLUCKE
Links. Um 23.10 Uhr.
Wie eine Senftube, über die Kante der Arbeitsplatte gezogen
entleert, saugst Du mich aus. Restlos.
Dann rechts.
Nachdem ich das erste Mal vier Stunden weg war.

AM KOMPOST

Es riecht feucht. Das Sommergewitter ist noch nicht ganz getrocknet. Wie ein Blumenkohlröschen ist die Baumkrone des Nachbarbaums abgebrochen und liegt jetzt in unserem Garten. Tropfen und Ameisen kitzeln zwischen meinen Zehen. Auf dem Rasen, der kaum Gras ist. Ein Flickenteppich aus Löwenzahn, Moos und Klee.
Du schläfst auf meinem Rücken.

Rechts ein Schnüffeln im Gebüsch. Ein Rascheln. Ein Hund?
Eher ein Grunzen.
Ein Igel. Zwei. Eine Hochzeit.
Links ein Knuspern. Zerbrechende Knöchelchen. Weil der rote Kater eine Kohlmeise frisst.
Nacktschnecken raspeln seit zwei Tagen an einer toten Spitzmaus.
Die Schmeißfliegen summen auf, wenn ich zu nah komme.
Daher wird sie wohl kommen.
Die Brise.
Wie verdorbenes Katzenfutter.

Ich höre Dich im Schlaf schmatzen und sehe Milchtropfen zwei Kreise auf meinem T-Shirt bilden.

Eigentlich wiegt der Storchenschnabel dezente rosa Trichter auf Kniehöhe. Doch in der Hocke, neben ihm jätend, droht er mir über die Schulter zu stürzen wie eine Welle in Nazaré.

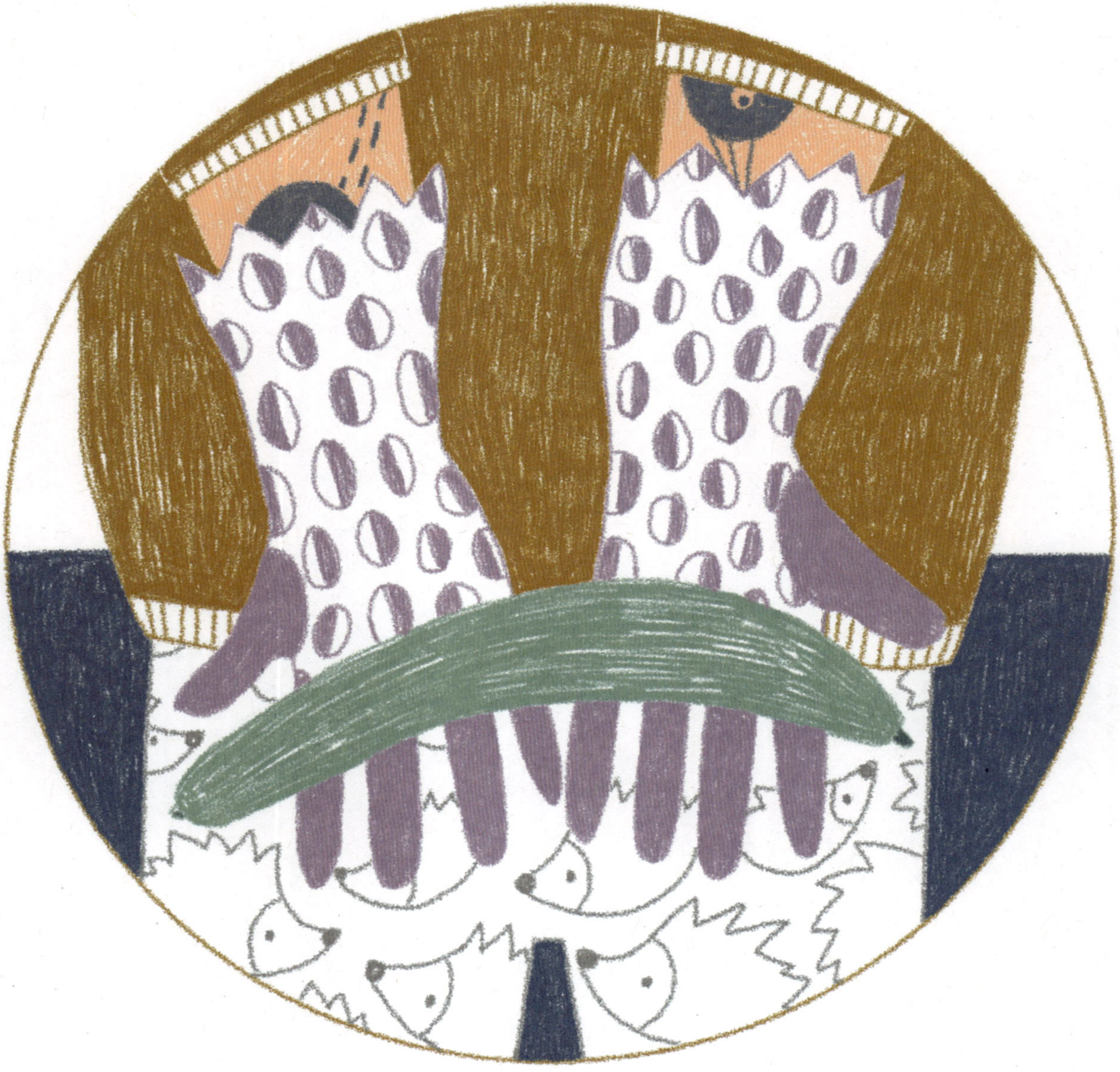

In zartem Hellblau baumeln die Borretschblüten zwischen
den Landgurken.
Beim Ernten brauche ich Handschuhe, weil beide so piksen.
Zehn Sträucher voll brauner Tomaten sind tot. Krautfäule.
Im Salatbeet ist kein Salat. Drei Abende hat er den Kasten gebaut.
Einen Abend vergesse ich, den Deckel zu schließen. Zehn
hellgrüne Rispenstummel von fünfzig Schnecken besucht.
Ich streife ihn im Schritt und frage: «Bist du noch in
mich verliebt?»
Er sagt: «Ja sehr.»

Laut Seite vierzig lieben Hühner Nacktschnecken, aber sie fressen die eine Erdkröte bei der Steinmauer.
Auf der schwarzen Dachpappe des Hühnerhauses gelbe Flatschen.
Zerplatzte Mirabellen. Nicht rechtzeitig geerntet.
Keine Marmelade.
Ein Ziehen in meinem Unterleib. Schon seit gestern.
Ich schmunzele.
Weil ich schon weiß, was er sagen wird.
Wieder. Dieses eine Wissen.

Die weißen Himbeerblüten gingen mir noch bis zum Gesicht.
Jetzt hängen pralle pinke Früchte auf dem Boden.
Zerknabbert. Verfault. Nicht geschafft, das Spalier zu bauen.
Rosenkäfer brummen wie fliegende Smaragde vorbei. Fast jeden Tag ein Insekt, das ich noch nicht kenne.

SALUT!

Ich umgreife Deine nackten Füßchen, damit sie nicht brennen.
Ich habe mal Brennnesseln für Tagpfauenaugen gesät.
Jetzt verwuchern sie den Eingang zur Werkstatt, wo die Mistgabel steht.
Ich möchte ein Herbstbeet bestellen. Die Salatstummel werfe ich auf den linken Haufen und finde, hier stinkt es nicht.

Dicke. Große. Braune.
Bäumen sich auf. Lassen ihre Häupter kreisen.
Mit wilden Fühlern. Ohne Haus.
In Trance. Wie Katzen an Minze.
Eine Orgie.
Dazwischen Spinnen.
Dicke. Große. Braune.

Ich steche hinein. In den rechten.
Rosa. Rote. Weiße.
Windend. Zappelnd. Springend. Fliehend.
Zwischen den Zinken der Mistgabel.
Mehr Würmer als Erde.
Ich hatte ja keine Ahnung. Sie arbeiten noch.

Noch ein Stich. Tiefer.
Wimmeln. Krabbeln. Fressen. Zersetzen.
Einstürzende Nester von Kellerasseln.
Ein Engerling. Eingerollt. So groß wie ein Zwei-Euro-Stück.
Noch nicht bereit.

Er schon.

Du quiekst. Ich öffne die Trage, hole Dich nach vorne und lasse Dich ins Gebüsch tröpfeln. Deine Lippen an mir suchend. Setze mich auf den trockenen Totholzstamm und lege Deinen Kopf in meine Armbeuge. Der rote Kater kommt und leckt meinen Fuß.
Unter mir wird es feucht.
Ein Fleck. Rot. In meiner hellgrauen Jogginghose.
Seit Langem.

Mit Schweißperlen auf der Stirn trägt er Holz Richtung Werkstatt. Zirbelkiefer fürs Familienbett.
Seine Idee. Sein Design.
Er streift die Brennnesseln und fragt:
«Ist der Kompost noch nicht so weit?»
Ich öffne meine Beine und sage:
«Nein. Aber mein Körper schon.»

Und ich?

AUF BRETTERN

Ich seh Hellblau immer dunkler werden.
Langsam. Silbrig. Großer Wagen.
Mein Film.
Dein Kopf. In meinem Arm.
Eine Person.

Tiefseeblaue Kissen.
Und Matratze. Sonnenwarm.
Auf Paletten.
Werden feucht sein, wenn es zwitschert.
Kleine Zelte überall.
Sträucher, Halme, Stängel,
von der Zaunwinde umwunden.
Kein Dach über meinem Körper.
Abendluft kühlt meine Haut.

Salz. Nur im Salatrest.
Zu viel. Ertrinken.
Kleine Mücken.

Citronella flackert.
Nachtkerzen.
Gelbe Blüten voller Falter.
Ohrenkneifer. Scharfe Chilis.
Weil er die mag.
Sprung im Tontopf.
Terrassentür einen Spalt geöffnet,
doch nur die Kater gehen noch rein.

Next

Ich hör Dich atmen. Ihn noch sammeln.
Werkzeug, Spielzeug, Schnecken.
Zwischen Löwenzahn, Moos und Klee.
Er schützt den Sandkasten vor Katern.
Und die Hühner vor dem Fuchs.
Vitamalz zischt auf der Glut.
Dann mein Kopf in seinem Arm.

Du machst mich wach. Ihn auch. Ein bisschen.
Dreimal trinkst Du. Immer noch.
Brauchst mich noch für Dich alleine.
Und ich?
«Noch mal. Noch mehr.» Sagt er.
«Noch etwas später.» Sage ich.

Tintenblau, fast schwarzer Himmel.
Rote. Weiße. Ziehen vorbei.
Lichter.
Ich erinnere mich.
Vom französischen Balkon.
Wann? Wohin?
Endlich wieder. Endlich weiter.
Suchen.
Heute: erst mal nicht.
Nur kurz. Nur nah.
Augen langsam schließen.
Ruhe.
Finden.
Bei Dir.
Da.

France
MAROKKO

ANNA JOB
schreibt gerne über Mütter. Wasser. Kompost.
Und an Bäume.
Bisschen lyrisch.
Als freie Autorin. Germanistin. Halbe Informatikerin.
Und bisschen Texterin.
Sie lebt in München, liebt einen Mann,
zwei Kinder und zwei Kater.
Und vier Hühner. Bisschen weniger.

Mit dem Meer ist sie noch lange nicht fertig.

CORINNA POURIAN
zeichnet, seit sie denken kann, Bilder zu Texten,
die sie mag.
Die Zeichnungen werden zu Postkarten und
Plakaten – und manchmal zu Büchern.
Wenn sie groß ist, macht sie nur noch Bilderbücher.
Sie lebt als Illustratorin und Kunstpädagogin in der
Nähe von Bremen, in einem alten Haus mit ihrer
Familie, einem Hund und zwei Schildkröten.

Irgendwann zieht sie ans Meer.

THERESA SCHWIETZER
hat die Liebe zu Büchern zum Beruf gemacht.
Grafikdesignerin. Und Illustratorin.
Ihr Traumjob.
Zeichnet am liebsten Tiere. Draußen Tiere. Aber drinnen.
Sie lebt in Duisburg. Die Liebe zog sie weg.
Weg vom Meer. Oder nah dran.

Das Meer bedeutet Kindheit. Immer im Herzen.
Doch die Berge rufen lauter.

Die Arbeit der Autorin wurde im Rahmen des Stipendienprogramms des Freistaats Bayern »Junge Kunst und neue Wege« unterstützt.

Uns liegt ein nachhaltiger Umgang mit dem Medium Buch am Herzen: Wir drucken möglichst klimaneutral und mit mineralölfreien Farben auf Naturpapier. Unsere Bücher werden in Deutschland gedruckt und gebunden. Wir unterstützen Naturschutzprojekte und verzichten seit einigen Jahren auf das Folieren der Bücher.

IMPRESSUM

© kunstanstifter, 2024
kunstanstifter GmbH & Co. KG, Mannheim
Alle Rechte vorbehalten. Das Werk darf – auch teilweise – nur mit Genehmigung des Verlages wiedergegeben werden.
Text: Anna Job
Illustration: Corinna Pourian
Buchgestaltung: Theresa Schwietzer
Druck & Bindung: Gutenberg Beuys Feindruckerei GmbH, Langenhagen
Papier Inhalt: 100 g/m² Nautilus Classic 1.27 FSC® Recycled
Papier Umschlag: Welino NSB Felt
Schrift: Antique Olive
♡ Hergestellt in Deutschland ♡
Erste Auflage 2024
ISBN 978-3-948743-32-1
www.kunstanstifter.de

Klimaneutral
Druckprodukt
ClimatePartner.com/10951-2308-1013

FSC
www.fsc.org
MIX
Papier | Fördert gute Waldnutzung
FSC® C009051

ISBN 978-3-948743-32-1
9 783948 743321 >

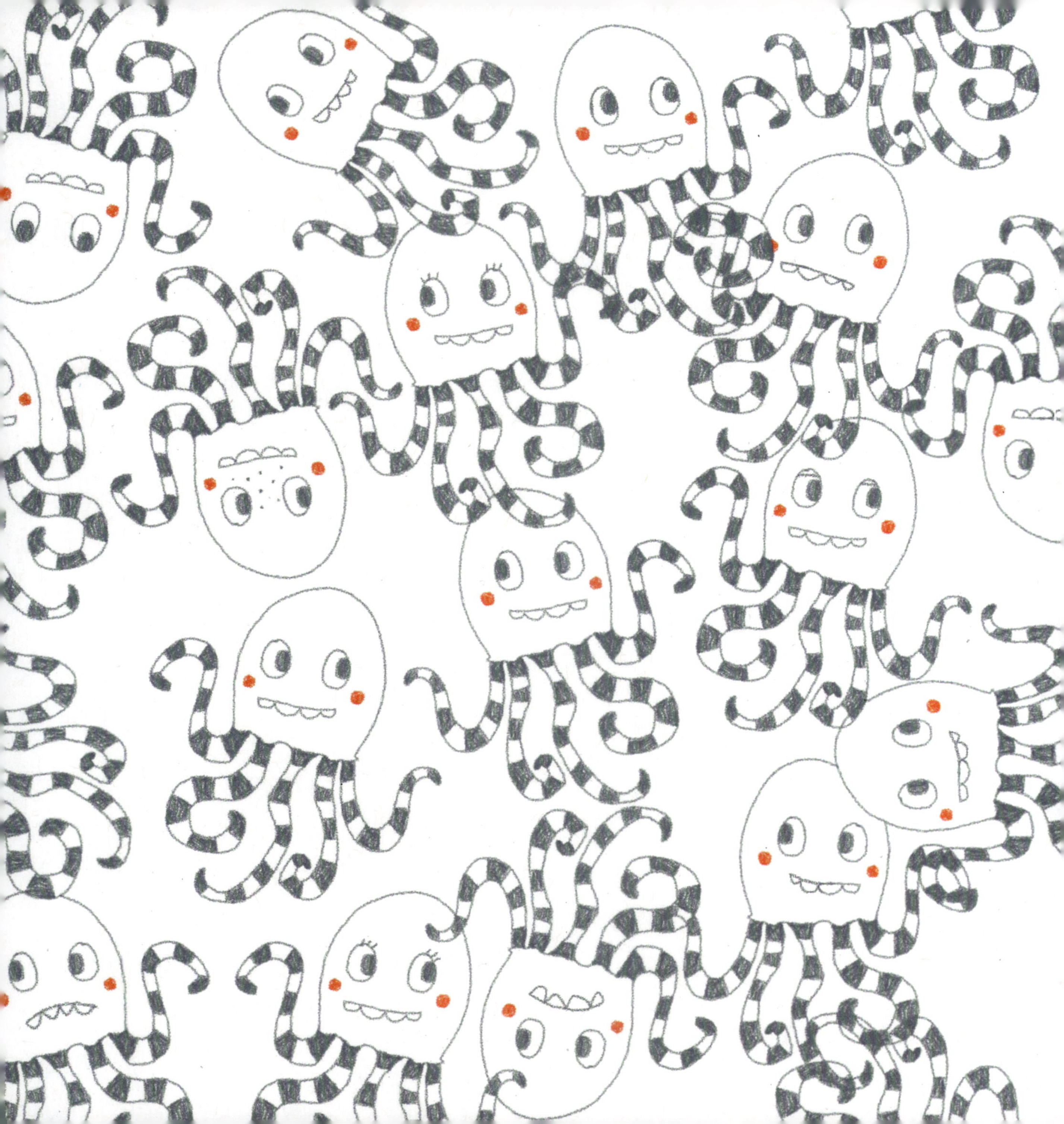

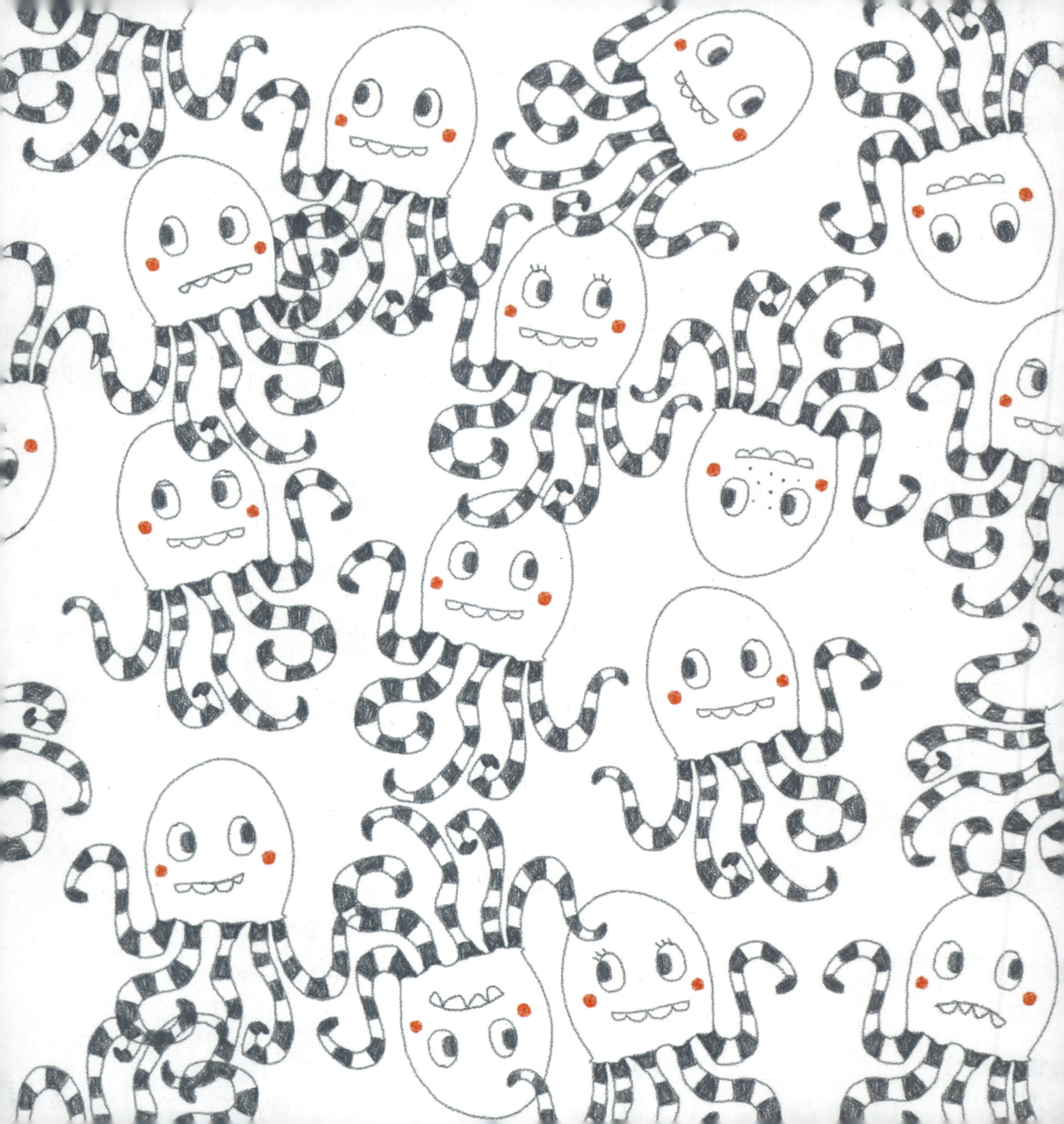